JN098957

こなひだ

Takahashi Michiko

髙橋道子句集

ふらんす堂

序

今朝秋の師のなき句帖ひらきけり

私の中の髙橋道子という句友は、この句から始まったと思う。この言い方は、事実ではないが、一方では確かなことである。道子さんは、一見柔軟な、構えのない句を投ずる人だが、無駄なく、迷わず、その着地点の明確なことを折々に感じ、注目していた。

心に残る二句をあげて短い序文としたい。

春水に映れば木々の寄り合へる

明らかに、ひたすら季の呼応を求めている。

桜桃忌行李の蓋の深きこと

雑然とした情念と思念を閉じ込めている。季に寄り添いながら、かなり鋭く咽喉もとに踏み込んでいる。

なおこれからも遠くから見守りたい。

令和二年二月

井上信子

こなひだ＊目次

句集　こなひだ

第一章　視線

昭和五十七年～昭和六十三年

二十八句

春立つや机上のびいだま海となる

芽吹く音聴くやうに傘五本干す

芽柳のうしろの空の押してくる

連翹や暗く塩盛る塩地蔵

文目なき母の恍惚花に溶け
五月野をまだらに雲の影わたる

次男手術　二句

病衣とす凜凜しき柄の浴衣買ふ

よろこべば癒えし子のすぐ跣ぐせ

色淡き昼顔の辺は声落とす

青葉してフランス映画かぶれの日

二張の蚊帳が出てきてはしやぎけり

斑猫や水に始まる山の寺

滝音に風の乱れのありにけり

立秋の蒙古野馬は眼を遠に

劇が始まりさうな九月の駅の椅子

たとへばと視線走りぬ秋灯下

物置の辺より父来て鳥渡る

知事公舎あたりを脚に秋の虹

長月の水流すとき遺句よぎる
しばらくを松虫草と夜気分かつ

航海記閉ぢて南瓜を煮に立てり

敗荷や騒ぎつつ豚運ばるる

工事場に土が百トン柳散る

埋けてある葱にじやれつく旋風

接吻の図と判りけり雪催

鎌鼬肉屋八百屋のしまひぎは

初凪や人影見えずパナマ船

買初の刃物屋の灯にまみれけり

第二章　点在

平成元年〜平成十年

四十四句

バス停の見ゆる北窓開きけり

預りし受験子つひに打ち解けず

雪解風校歌にありし聖谷

おぼろ夜の保育器宇宙船に似る

山笑ふカメラマンとは力持ち

花どきや都心といふも山と谷

嫂と花冷の卓拭き合へり

朝寝して父を退屈させにけり

青饅や聞かされてゐる部下の恋

根分けして軍手に左右つくりけり

何か失ふ葉桜の下くぐり抜け
蕗剝きに剝いて雨音身の内に

今年竹風の籠絡なほつづく

噴水を半分隠しバザー立つ

香水を使はず人に譲らざる

涼しきは静かに似たり銀フォーク

拾ひあげ海酸漿とも違ふもの

浜豌豆波のめくれる次の波

我よりもはるかに迅く草取る人

劫暑ふととぎれたる日の文机

垂訓を待つかに花火待ちにけり

雪渓の連山を背に半日村

天牛や愛されゐるは窮屈な

面白いやうに雲飛ぶ夜の秋

もう一尺奥欲しき墓参りけり

手帳見て腕時計見て花芒

逆算のごとくに進み鰯雲

コスモスを密に小さな変電所

菊膾おもしろい叔父来ずじまひ

共犯に似て流星を同時に見

口笛に乗る地芝居にありし歌

実南天不一とあるを畏みぬ

父逝く

澄む秋の柩の隅に庭帽子

ポケットの多いコートと雑な地図

帽子屋に獣のにほひ神無月

筥迫の中たわいなき七五三

十二月机の下の薄闇も

点在の冬菜畑より暮れかかる

釘一袋あまりに安価霜日和

サッカーを子の言ふそこまでは知らず

夫搔きし雪嵩人に褒めらるる
まちがへば潔く解き毛糸編む

待たされてゐる楽しさの手毬唄

篁韻に一月の谷深まれり

第三章　一礼

平成十一年〜平成十五年

五十四句

白雲は空のつぶやき寒明けぬ

春ショールあつさりと聞き忘られず

春灯を拾ひ拾ひて川曲がる

壮年の父に鬱の日椿山

欄干の影の櫛の歯かげろへり

長靴の形の肉焼く霾曇

三番のいつも問へる雛の歌

雛菓子の甘さ一本調子なり

春雷や恋隠したく知らせたく

桜二分水かげろふの銀閣寺

清水みち銀閣寺みち暮かぬる

浪費癖無きをさびしむ三葉芹

たたまれて紙風船に尖り生る

逆転をどこかで信じ蜆汁

風船や波郷を直に知らざるも
先のこと知るは興醒め春の雷

ティーシャツに四つの出口里若葉

日輪や罌粟の五百の緋ぢりめん

二人乗りしたり降りたり植田風
解けばもうたためぬものに笹粽

朝涼や神の造りし肋骨

夏潮に木綿の恋の育つなり

サルビアや海辺のテーブル傾ぎたる
一喝ができるものなら胡瓜揉む

遠花火夫どこまでも子の味方

大西瓜切るに一礼してしまふ

きれぎれの木更津甚句盆過ぎぬ

九月一日足指いつぽんづつ洗ふ

息づかひほどの秋雨紙を裁つ

ハーモニカ下手なりし父木の実落つ

萩寺に風の過不足なかりけり

芒原分けて大声しのび声

秋しぐれ電車の幅の喫茶店

竹の春曇る明るさありにけり

花台のねこあしに傷二十日月

福相と言はれて不満ばつたんこ

父の忌の木犀あやまたず盛り

立冬や本の形のビル灯る

雨上がる十一月を透明に

交番の上階蒲団干してあり

なりゆきに枯れて親しき野となりぬ

一枚ならコートは黒と決めてをり

まつすぐに我を見てをりマスクの眼

凩のかけらの潜む牛乳箱

冬館高笑ふ風咽ぶ風

子らはみな等しと言ひし母の足袋

川波の愛撫のおよぶ枯葎
沢庵を食ふ一シーンのみ残る

冬波の近き蕎麦屋の混んでをり

竹山の入口の荒れ雪催

沼の面に影凝るところ冬ぬくし

梟の答へてくれぬ闇の嵩

大年へ助走のかかる仏具拭き

溜まりゐる舟にそれぞれ松飾

第四章　渦中

平成十六年〜平成二十年

五十九句

息深くたたずむための春の水

朝より夕べちかぢか椿山

春灯の等間隔といふ奢り

父母のゐるかのやうに朝寝せり

花菜の黄渦中といふはしづかなり

嘘つけず怒れずず笑ふ三葉芹

春愁にあらず袋に袋詰め

春手套はづして撫づる石舞台

山風の川風となる黄水仙

傅ける柱うべなふ淡墨《うすずみ》桜は

雨合羽重ねて今日の花衣

行く春や橋の上より魚透けて

白玉の固さ耳たぶ母の忌来

踊子草吐息のやうな水のもと

睡蓮の余白の水面うすぐらし

途中から筍を提げウォーキング

表札をいつしか覚え薔薇の家

紫陽花の重量級のひと揺らぎ

梅雨都心ごむ毬ほどの日の浮けり

陶枕やいつも中途の備忘録

夏雲飛ぶ多難な恋のやうにかな

かき氷食ぶに遅れをとつてをり

山の端になだれて縞の夕焼雲
ハンカチの一義は涙ぬぐふこと

虫送り闇に焦げ目のつきにけり

にくらしきほど素麺の好きな人

夏霞むメッセのビルの遺跡めく

立葵いまも平屋に兄夫婦

闇となる前のむらさき花火待つ

羅にキー打つ速さただならず

白潮師逝去

今朝秋の師のなき句帖ひらきけり

己が影組伏せ秋のあめんぼう

ビルの影ビルに落として九月来る

秋蝉や三兄いまもやんちやにて

蜆蝶こまめに風を起こしけり

水積んでくづして秋の噴水よ

団栗やいつも遅れて思ひつく

水皺のさわぎ秋蝶日和かな

新豆腐若く手ごはき仲間ゐて

秋景となるため列車遠離る

稔田に暮色やはらか遠江

病む兄に猿酒ならよろしかろ

はじめから笑つてゐるやうな南瓜

湯の溜まる音の平らに冬立てり

冬園の風のをさまる大柏

雲厚くなればインバネスの匂ひ

冬暖の小駅を挟み寺と海

綿虫や湖のくびれに赤き橋

密約のやうに一轟冬の雷

母の声は窘むるころ石蕗の花

オカリナに似たる海鼠の口ひとつ

顔見れば言ふこと忘る根深汁

俯瞰して夢幻東京冬霞む

川波の仔細は見えず冬夕焼

太箸やひと日いよいよ軽からず

音立てて開く初刷夫退職

女正月業平竹のうすみどり

寒卵溶くにことさら音高く

雪だるま観音像になつてをり

第五章　破　顔

平成二十一年〜平成二十五年

六十八句

梅東風や川面に夕日たたまるる

春の鳥ましろき糞を、《ちゅ》とこぼす

迷ふだけまよひてしづか椿村

サージとふ布地あること卒業歌

春暖炉この書にいつも挫折する

春の夢とどこほりなく見て忘る

原発を問はる絵踏のやうにかな

海嘯といふを知りたる三月来

珈琲を細挽きに買ふ春しぐれ

かげろふの捩れの上にゐるやうな

去年の今ごろはと洗ふ水菜かな

音出さば木琴のおと春水輪

一斉といふ静けさの桜かな

目刺焼くぴつたり二人分の匂ひ

質実にときどき飽きて春日傘

汐見坂おひはぎ坂や花は葉に

牡丹の十花に風のあらたまる

緋縅の武者あらはれよ里若葉

あぢさゐに初めの色をつける風

桜桃忌行李の蓋の深きこと

蓮の葉を杯に銀酒の二勺ほど

はぐれ派かはぐれられ派か鬼灯市

頭の下がる人はどこにも冷奴

浜昼顔砂地に仕付打つてをり

たまゆらもキャベツ玉巻く波の音
蜜豆や気の合ふことのわけ知らず

夏蝶の軌跡こんがらかりにけり

砂の上砂の流るる蟹の穴

緑蔭の階椅子になり卓になり
新聞とラムネの好きな男かな

鱧食ふや運河の街のさんざめき
涼しげな扱ひにくき小鉢かな

水音の重奏に揺れ秋ざくら

秋暑しだまし絵に似る歩道橋

てごころに搾りて和へる新豆腐

愛ふかきゆゑの偏屈秋扇

登高や水ぶつかれば白くなり

けふ明日のことでなけれど葛嵐

色変へぬ松に透けたる法学部

サンバ隊ぴかぴか来たる浦祭

陣をなし列なしねこじやらし元気

こは夢と思ひつつ夢曼珠沙華

とぎれつつ思ひの至るばつたんこ
鬼柚子の渋面ほどは重からず

梨食みて夫の老ゆるは許すまじ

木犀の一週間も過ぎにけり

蜜に照り出てたちまちに大学芋

行く秋の温泉玉子吸ふつつつ

地震の国水よき国の赤とんぼ

冬立つや笑窪のやうな鍋の傷

木の橋に木の椅子沼は小六月
からころと来て初冬の音となる

木々の漉す十一月の光かな

葱畑のずはずは暮れてゆくところ

手袋は右から靴は左から

冬日向ゴリラ四角く眠りをり

ひやひやと暮れて瑕なき鴨の水

枯原の枯きはまれば熱持てり

謝すばかりこの革手套かの言葉
青年の雌伏を包め革コート

葉牡丹の百の沈思に日のまはる

寒満月この世が異界かもしれず

しづかにも吹かるるための野水仙

行間に真実置かれ古日記

太郎月海は力をためどほす
賀状もう来ぬ人ことに思はるる

水雪の降れば師のこゑ師の破顔

大声も小声も可笑し鬼やらひ

第六章　略　図

平成二十六年～令和元年

七十一句

湧水に雄水雌水や蕗の薹

囁きはささやきを呼び芽吹山

春の川海へほぐれてゆくところ

伐るといふ一樹に綱や雪解風

吸ひ込むか吸ひこまるるか梅の空

恩寵を遅れて知りぬ梅真白

春水に映れば木々の寄り合へる

耕してゐるとも見えで屈む人

うつむいて背は口ほどに春愁

春灯し急階段の額縁屋

傾ぐ世を二人でなげく春霙

夕星や木炭画めく春の山

ああ言へばかうといふかに蜷の道

剽軽な顔の自動車葱坊主

春の川かくも豊かに爆心地

堅琴にペダルの七つ桜どき

ほんたうの秘話は秘のまま花の城

目薬をさして一分春惜しむ

朝寝せりわたしを初期化するために
すはすはと絹の風来る紫蘭の辺

働いて明るき寡黙梅青し

伐りし木をしばらく寝かす夕薄暑

梅雨雲をそだてる海のあばれやう

樹の肌の縞や絣や走り梅雨

打つ文字の心に遅れ梅雨の月

十薬の白厚くなる降りはじめ

心配をたがひに言はずさくらんぼ

波座のくづれ涼しや吾も乗らむ

旅果ての浦島ごころ冷奴

川音の四時にそだつ青胡桃

ちょこなんの蜥蜴と気脈通じたる

抽斗を引出しておく土用干

影からめとりたる日傘坂上る

瓜揉んで節電説かぬ世を怖る

靴紐を結ふに十法雲の峰

たよりなき水尾引きまはし恋ボート

そつと押すものにまなぶた夜の秋

玫瑰や雲を引つぱる紺怒濤

岐路隘路あればこそ行く夏野まで

八月の風樹いつぽん炎のかたち

広島忌見出しの小ささすぎないか
雲迅し大地に秋を撒きながら

新涼や酢味噌に辛子利かせたる
いちじくや老父もその母恋ひき

その味を白と言ふべし新豆腐

半世紀前はこなひだ秋扇

変つたやうな変らぬやうなと生身魂

天球をなぞるとばかり秋の虹

あをぐろき雲に暮れゆく踊唄

鵯鳴いておにぎり日和詩びより

膝焦がす秋日となれり文庫本

猿の腰掛これは子猿のものならむ

略図には無し松の木も秋風も
木の実落つ思ひあたるといふやうに

紅白のありてさびしき水引草

城のごと構ふる病舎野分晴れ

銀漢や死者は生者にのみ生きて
もみづりの遅速を色の音符とも

茸ピザ血よりも水の濃き仲間

眼を射らぬ照りに徹して月の舟

澄む水を心に引きて歩むべし

もう乗らぬ自転車に干す唐辛子

腰強き因州箋や火の恋し

冬日断つ木々や都心の隠れ谷

冬霞む山パノラマに祝膳

冬日ぞんぶん山墓の密に疎に

教へずも嬰は指吸ふ冬たんぽぽ

白菜と並べみどりご撮られけり

はるかなる時を縮めておでん鍋

まだ残る未来へ青き日記買ふ

読初めは読聞かせ初め昔むかし

あとがき

「句集は自らの句を反省するために出すものだ」とある俳人からうかがってなるほどと思ったのは、平成二十年に伊藤白潮師が亡くなってのち間もない頃のことです。それまで自分の句集のことは考えになかったのですが、そのときはじめて、句集上梓を意識しました。

とはいえ、二十五年以上教えを受けた白潮師はすでになく、なかなか次の一歩が踏み出せませんでした。

ところが昨年ちょっと体調をくずして休んでいたときに、「句集を編むなら、今」と強く思い立ったのです。

四十年近い句作のなかから自選しましたが、平成二十年前半までは白潮師、二十年後半から二十三年までは井上信子「鳴」前代表がお採り下さったものを中心に選んであります。自選をしながら、結局は自分にとって大切と思われる句、思い出の深い句を集めていることに気づきました。

句集を編むことは確かに自らの句の反省になりましたが、それはまた、来し方を見つめなおすことでもありました。白潮師からはさまざまな教えをいただきましたが、殊に「ものの本質を捉えよ」の厳しい言葉は忘れられません。また苦楽を語り合った先輩や句友たち、どんな状況でも句会に出かける私を黙って見ていてくれた家族の姿、それらが次々と浮かびあがり、俳句とともに歩んでこられた日々への感謝に繋がりました。

句集名は〈半世紀前はこなひだ秋扇〉からとりました。
おもえば、俳句に心惹かれるようになってからほぼ半世紀になります。
俳句という小宇宙の奥深さはまことに限りなく、探るに尽きることがありません。

この句集を上梓するにあたり、井上信子前代表からは、ご高齢にもかかわらず序文をいただきました。句友の成田美代さんには句を整理する上でひとかたならぬお世話になりました。心より御礼申し上げます。

また、ふらんす堂の皆様にはご丁寧な編集・制作をしていただきました。深く感謝申し上げます。

令和二年四月

髙橋道子

著者略歴

高橋道子（たかはし・みちこ）

昭和18年　千葉市生れ
昭和57年　鴫俳句会　入会　伊藤白潮に師事
昭和60年　鴫俳句会　同人
平成11年　鴫賞　受賞
平成23年より　鴫俳句会　選者
平成29年11月より　鴫俳句会　代表
俳人協会幹事

現住所　〒260-0003　千葉市中央区鶴沢町2-15

句集　こなひだ

二〇二〇年五月三〇日　初版発行
著　者――髙橋道子
発行人――山岡喜美子
発行所――ふらんす堂
〒182-0002 東京都調布市仙川町一―一五―三八―二F
電　話――〇三（三三二六）九〇六一　FAX〇三（三三二六）六九一九
ホームページ http://furansudo.com/　E-mail info@furansudo.com
振　替――〇〇一七〇―一―一八四一七三
装　幀――君嶋真理子
印刷所――日本ハイコム㈱
製本所――㈱松岳社
定　価――本体二八〇〇円+税
ISBN978-4-7814-1276-4　C0092　¥2800E
乱丁・落丁本はお取替えいたします。